MW01706321

FANTASTIQUE VALENTINE !

© 2006, Bayard Éditions Jeunesse
Tous les droits réservés. Reproduction, même partielle, interdite.
Dépôt légal : mars 2006
Loi du 16 juillet 1949 sur les publications destinées à la jeunesse.

LiLi BAROUF

FANTASTiQUE VALENTiNE !

Une histoire écrite par Arnaud Alméras
illustrée par Frédéric Benaglia

BAYARD POCHE

LILI BAROUF
La ville
L'école
de Lili

La forêt enchantée
La chambre de Lili
Le palais de
hâteau-dingue

Aujourd'hui, le roi et la reine ont invité Lili à déjeuner au restaurant chinois. La petite princesse est ravie :
- C'est génial ici ! il y a même un aquarium !

- Je vais en profiter pour essayer mon nouvel appareil photo, dit le roi Barouf 1er avec un grand sourire.

Lili passe le bras autour du cou de sa maman.
- Souriez... C'est parfait ! se réjouit le roi.

Lili supplie son papa :
- il est trop beau, ton appareil... Tu me le prêtes ?
- Non, répond le roi. il est très fragile, tu sais !

Lili se saisit du menu :
- Pour moi, poulet aux amandes et riz cantonais !

- J'hésite, j'hésite..., marmonne le roi.

Lili s'empare discrètement de l'appareil photo du roi :
« Je vais faire une photo des jolis poissons de l'aquarium. »

Debout sur la banquette, Lili se penche au-dessus de l'aquarium. Soudain, elle lâche l'appareil photo dans l'eau.

« Nom d'un dragon moussaillon! Si papa voit ça, je suis fichue ! » gémit Lili.

La petite princesse sort son téléphone portable et appelle sa marraine-fée.

- Allô, Valentine, je crois que j'ai fait une bêtise.
Ah, si seulement tu pouvais attirer l'attention des parents, le temps que je trouve une solution !

La marraine-fée rassure Lili :
- Je vais t'aider, Lili... J'arrive !

Valentine prononce une formule magique :
- Abracadabri-cadabra, Valentini-apparaîtra,
mais, quand la nuit tombera, l'enchantement cessera.

À ces mots, un énorme éclair jaillit du portable de Lili et traverse le restaurant.

Sous le regard ahuri des clients, Valentine apparaît sur une table :
- Coucou, les loulous !

Les clients protestent :
- Enlevez vos fesses de mon assiette !

- Vous avez renversé mon vin !
C'est quoi, ces manières ?

Lili sort de sa cachette et court embrasser sa marraine :
- Valentine ! Waouh ! C'est génial !

Le roi et la reine s'approchent. Le roi balbutie :
- Va... Valentine... vous, ici ?
- Ma grande sœur ! Quelle surprise ! s'exclame la reine.

- À table ! J'ai une faim de loup ! s'écrie Valentine, nullement impressionnée par son arrivée très remarquée.

En janvier, je suis allée au Brésil.

En février, j'ai visité Venise.

À Pâques, j'étais en Antarctique.

Fin mai, j'ai parcouru la vallée de la mort.

Quel tourbillon ! Le roi en oublie son appareil photo.
« C'est le moment de réparer ma bêtise », décide Lili.

Le roi et la reine sont passionnés par les récits de Valentine, et la petite princesse s'éclipse sur la pointe des pieds.

Au passage, Lili emprunte une louche qui pourrait lui être bien utile. Puis elle file vers l'aquarium.

Après quelques efforts, Lili finit par repêcher le précieux appareil photo. « C'est papa qui va être content... », se réjouit-elle.

La petite princesse essuie l'appareil avec sa serviette
et le repose discrètement à côté de l'assiette de son père...

La reine s'aperçoit alors que Lili est trempée :
- Mais... Lili, que t'est-il arrivé ?
- À qui ? À moi ? Oh, j'ai juste voulu caresser un poisson...

À la fin du repas, Valentine propose :
- Je vais vous raccompagner au palais dans ma nouvelle voiture.

Valentine claque des doigts, et sa voiture de sport apparaît.
- C'est la nouvelle Ferruzi 920 Z, précise la fée.

Le roi n'en croit pas ses yeux :
- C'est pratique d'être une fée... Quel bolide !
- Allons-y ! s'écrie la marraine-fée.

Valentine prend le volant et demande avec un air malicieux :
- Dis-moi, Lili, ça te ferait plaisir que je t'offre un cadeau ?

Aussitôt, un petit paquet apparaît dans les mains de Lili.

Lili le déballe et pousse un cri : - Oh, il est génial ! Merci, Valentine !

Valentine démarre sur les chapeaux de roue…
- Vous conduisez toujours aussi sportivement ? demande le roi, inquiet.

- J'adore la vitesse ! Mais, là, je fais attention, j'ai des passagers !

De son côté, Lili s'amuse comme une folle à faire d'innombrables photos.

Quelques minutes plus tard, la voiture pénètre dans le parc du palais de Château-Dingue.

Boris accourt et ouvre la portière :
- Leurs Altesses ont-elles passé une bonne journée ?

- Boris ! Et Ploc !
s'exclame Valentine.
Comme il a grandi !

Boris rougit légèrement :
- La fée Valentine ! Quel plaisir de vous revoir !

Le roi Barouf 1er demande :
- J'aimerais prendre une photo de vous tous.
Mettez-vous sur les marches. Souriez...

Le roi fait la mise au point :
- Attention, on ne bouge plus !

il appuie sur le bouton, et un filet d'eau jaillit...

Le papa de Lili est consterné :
- Mais enfin, comment se fait-il que cet appareil tout neuf ne marche plus ? En plus... il fuit !

Lili a une occasion rêvée de réparer sa bêtise :
- Tiens, je te prête le mien, si tu veux.
- Merci, ma Lili chérie, c'est très gentil.

Dans le palais se déroule une longue séance de photos avec Valentine, Lili, ses parents, Boris et Ploc...

- La nuit va bientôt tomber, dit soudain Valentine. Je dois y aller...

Elle embrasse tout le monde rapidement.

Puis elle se dirige vers sa voiture :
- À bientôt ! J'ai été ravie de vous voir !
- Soyez bien prudente sur la route, lui recommande Boris.

Valentine et sa voiture disparaissent.
« Tiens, l'enchantement est terminé », se dit Lili.

Boris est un peu troublé :
- La fée Valentine est partie si vite que je n'ai pas pu lui dire au revoir...

- Oui, on n'aurait même pas eu le temps de la prendre en photo !

Achevé d'imprimer en mars 2006 par Oberthur Graphique
35000 RENNES - N° impression : 6981
imprimé en France

déjà parus :

N°1

N°2

N°3

N°4

N°5

N°6

N°1 GARE À L'OGRE !

N°2 PANIQUE DANS LA CLASSE !

N°3 SORCIÈRE EN COLÈRE !

N°4 DÉGÂTS AU CINÉMA !

N°5 UN MERCREDI DE FOLIE !

N°6 RIFIFI À LA PARFUMERIE !

N°7 RENDEZ-VOUS AVEC LES LOUPS !

N°8 SURPRISES SUR LES PISTES

N°7

N°8